suhrkamp taschenbuch 3605

Die Beschädigung und Konflikte einer Holocaust-Überlebenden der zweiten Generation sind das Thema, mit dem sich Lily Brett in ihrem ersten Buch, den preisgekrönten *Auschwitz Poems*, auseinandersetzt. Es war ihr erster Versuch, die Geschichte ihrer Eltern, die Auschwitz überlebten, aufzuarbeiten.

Lily Brett erspürt Bilder und Erlebnisse aus Auschwitz, die sie nie selbst gesehen und die ihr keiner explizit erzählt hat – und schildert sie ähnlich wie ihren New Yorker Alltag: präzise, klar, schonungslos. In sparsamen, konzentrierten Sätzen beschreibt sie das Grauen des Konzentrationslagers, das ihre Eltern nicht aussprechen konnten.

Lily Brett ist 1946 in Deutschland geboren. Ihre Eltern heirateten im Ghetto von Lodz, wurden im KZ Auschwitz getrennt und fanden einander erst nach zwölf Monaten wieder. 1948 übersiedelte die Familie nach Australien. Mit neunzehn begann Lily Brett als Journalistin für ein Rockmagazin zu arbeiten. Heute lebt sie in New York.

Als suhrkamp taschenbuch erschien 1999 *Einfach so*. Roman; 2000 *Zu sehen*; 2001 *New York*; 2002 *Zu viele Männer*. Roman; und 2004 *Alles halb so schlimm*!

Lily Brett
Auschwitz Poems

Gedichte

Englisch und deutsch

Übertragung von
Silvia Morawetz

Mit Illustrationen von
David Rankin

Suhrkamp

Die englische Ausgabe erschien 1986 unter dem Titel
The Auschwitz Poems
bei Scribe Publications Pty Ltd, Brunswick.

suhrkamp taschenbuch 3605
Erste Auflage 2004

Lizenzausgabe mit freundlicher Genehmigung der
Franz Deuticke Verlagsgesellschaft m.b.H., Wien–Frankfurt/Main
Suhrkamp Taschenbuch Verlag

Druck: Nomos Verlagsgesellschaft, Baden-Baden
Printed in Germany
Umschlag nach Entwürfen von
Willy Fleckhaus und Rolf Staudt
ISBN 3-518-45605-9

1 2 3 4 5 6 – 09 08 07 06 05 04

Für meine Eltern,
Rose und Max Brett,
in tiefer Liebe

Auschwitz Poems

Nach links

Als du
aus dem Zug
stiegst
wußtest du
gleich

daß
die Welt
nicht mehr da war
sich abgekehrt hatte

geblieben
war
bloß
ein gigantisches
Grau

mit Streifen
den Monstren
und Vogelscheuchen
die das Boot
verpaßt hatten

man knüppelte dich
nach links
links
war das Leben
Mutter

man schnitt
die üppigen Locken ab
die dir ums Gesicht
wehten
Mutter

schor kahl
den sanften Kopf
die Achseln
die Scham

gerupft
und unkenntlich
glichst du
den bleichen Hühnern
in Łódź

von deinem Vater
zu Mittag gekauft
zum Essen mit Szymek und Abramek
Jakob und Felek
deinen Brüdern

erregt
und gefesselt
von der Wachheit deines Blicks
vom Schimmer deines Lächelns

ließ man dich nackt
zwei Tage
und zwei Nächte lang
eingereiht stehen
unter einem toten Himmel

links
links
war das Leben
Mutter.

Kinder I

Deine
Mutter
wäre

wie
all
die andern
Mütter

mit
den
Kindern
gegangen

hätte sie
an der Hand
gefaßt

die
Weinenden
besänftigt

ihnen
das Haar
glattgestrichen

einen
Pullover
zurechtgezupft

in
dem Gewühl

hielten
sie

ihre Kinder
hoch

sie
sollten
noch einmal
Luft schnappen

das
Gas
brach
aus der Decke

traf
sie
zuerst.

Kinder II

Dünne Kinder
waren da
und dicke

braunäugige Kinder
blauäugige
grünäugige
großäugige Kinder

man würde
meinen

die Kinder
zu
töten

war schwerer

es
war
leicht

man warf
sie
in die Luft
bei Schießübungen

schlug
ihre Köpfe
an die nächstbeste
Mauer

oder
legte sie sich
übers Knie

brach
das Rückgrat
knacks
wie Zweige

die Glückspilze
gingen mit ihren Müttern
ins Gas.

Das Leben

Es war
ein frenetisches
Leben

von
einer Minute
zur andern

war
alles
umgestoßen

es
gab
kein Rasten

und
kein Ruhn

es
gab
keinen Rhythmus

es
ergab
keinen Sinn

es
war
kein Leben.

Unsichtbar

Es war
notwendig

die
Fähigkeit
zu entwickeln

sich
unsichtbar
zu machen

zu Boden
zu blicken

sich zu verdrücken
herumzuschleichen

sich in der Mitte
zu halten

zu arbeiten
zu gehen

und
manchmal auch
zu sprechen

als
existierte
man
nicht.

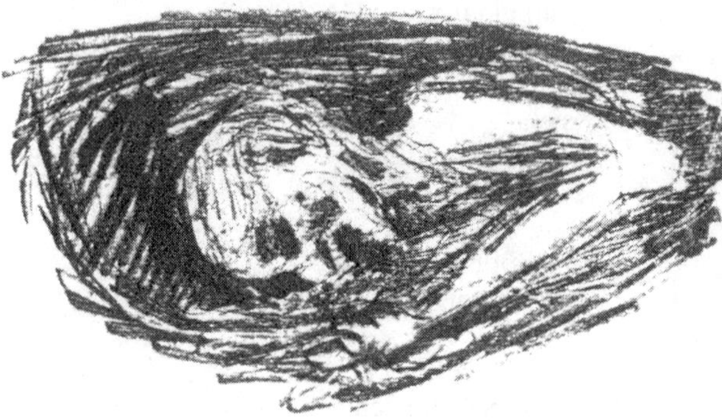

Schlaf

Auf den
Pritschen
zusammengepfercht

konnten sie
nur
auf der Seite schlafen

mußten sich
synchron
bewegen

wie
Kunstschwimmer

eine
Ballettgruppe
auf Brettern
die den Tod bedeuteten

bewohnte
der Hölle
ureigenstes Hotel.

Suppe

Man hätte
Überraschungssuppe
dazu sagen können

soupe
à la surprise
haute cuisine

zweimal
täglich
gereicht

oft
fand man
einen Schlüssel darin

Blechabfälle
Bindfäden
Haare

eine
zerstückelte
Maus

hauptsächlich
aber
Disteln

sie
zwickte und drückte
im Gedärm

bevor sie
durchrauschte
bis zu den Füßen.

Besitztümer

Ein Napf
war ein lebensrettender
Gegenstand

jedes Stück gebogenes Metall
rostiges Blech
gesprungenes Email

ohne
einen
Napf

konnte man
keine
Suppe essen

mußte
auskommen
mit

dem
sägemehldurchsetzten
Fladen Dreck

der
als Brot
galt

ein Löffel
war
ein Glücksfall

bedeutete
Würde
und Menschsein.

Nach einem Jahr

Nach einem Jahr
glaubtest
du

du
seist
sicher

gestrichen
von der Liste
der Lebenden

gestrandet
im
Nirgendwo

ausgesetzt
in
Zeitlosigkeit

bewegtest
dich
im
Leeren

begriffst
einfach
nichts.

Sport

Den
Häftlingen
war
befohlen

auf
der Stelle
zu laufen

sich
zu Boden
zu werfen

wie
Frösche
zu hüpfen

dann
wieder
zu laufen

dieser
tägliche
Drill

der
über
Stunden
ging

wurde
Sport
genannt

im
Sport
taten
Juden

sich
sonst
nicht
hervor

doch darauf
wär man
nicht
gekommen

beim Anblick
dieser zerlumpten
Horde
eifriger Turner.

Ihre Körper

Die
Körper
zehrten

von
sich selbst

erst
vom
Fett

dann
vom
Fleisch

und
zuletzt

von
den
Muskeln

die
nicht
mehr

reagierten
auf
den
Kopf.

Muselmänner

Locker
hielt sie
der Tod
umfangen

ließ
ihnen
Luft
zum Atmen

sie
gingen
blindlings

sprachen
nuschelnd

wurden
gemieden
von

denen
die
am Leben bleiben
wollten

als
stecke
Hoffnungslosigkeit
an

diese
Moslems
diese
Muselmänner

benannt
nach
hungernden Bettlern
in Indien

begriffen
Befehle
nicht mehr

und
wurden
oftmals

zu
Tode
geprügelt.

Beschwörung

Nachts
spracht

ihr
manchmal
davon

wer
den besseren
Borschtsch
macht

ob
der Sauerrahm
untergerührt

oder
als Klecks
obendrauf
gehört

und
wie
Kartoffeln
besser
schmecken

mit
Dill
oder
Paprika

oder
Zwiebeln
und
Butter

und daß
die Karotten
bei deiner
Mutter

vor
Honig
glänzten

und
irgendwann

fielt
ihr

auf
eurem
harten
Strohsack

in
einen
dumpfen
Schlaf.

Eine andere Selektion

Mengele sah zu
während der Kommandant
leicht mit der Peitsche
über die kümmerlichen Warzen strich
die sich zusammenzogen
auf ihren leeren Hängebrüsten

Reihe um Reihe
nur schrumpelige rosa Spitzen
auf vorstehenden Rippen

der Nachthimmel
romantisch rot
ein Lodern
von Armen Beinen Köpfen

die Luft
süßlich schwül
vom brennenden Skelett deiner Mutter

der Schnee
im schwarzen Aschekleid
trug
Trauer

und du hast dagestanden
und nach vorn geschoben
was noch vorhanden
vom Fleisch deiner Brust

es hat die Prüfung bestanden.

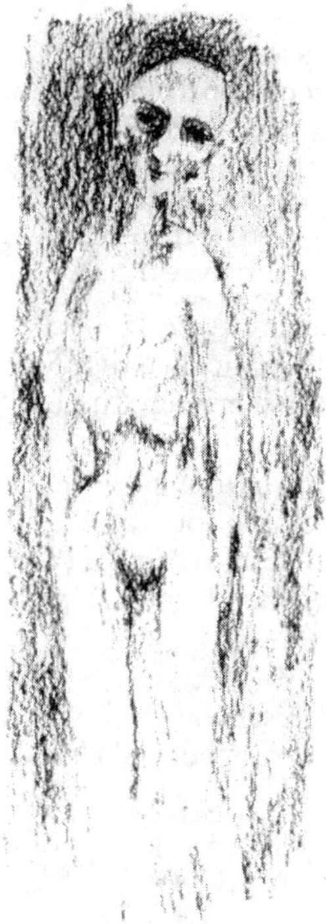

Brüste

Schon sonderbar
was
mit den Brüsten
geschah

erst
sackte
das Fleisch

als habe es
vor Schreck
den Halt verloren

Brüste
junge und alte
hingen
herunter

bis
sie
verschwanden
nicht mehr existierten

lose Falten
Haut
bedeckten
die leeren Stellen

lagen
schlaff
und
leblos

und dann
lief vor Wut
die Haut ein

spanne sich
über eine Brust
ohne Brüste.

Selektion

Er sprang durch
die Reihe
wie

ein
ausgemergelter
Artist

ein
tanzender
Derwisch

der
Meister
in einem Einmann-Ballett

zuvor
hatte er sich
in die Wangen gezwickt
immer wieder

daß sie
wie rote Monde
an einem grauen Himmel
standen

so
gegen
Zufälle
gewappnet

hatte er
seinen Darm
entleert

aus dem
der Typhus
tropfte

er schraubte sich
so hoch hinauf
daß seine Knochen

fast
die Haut
durchbohrt

und
die Vorstellung
hätten
platzen lassen

gut so
sagte
Mengele

und
er wußte
so war es
gut.

Keine Fliegen

Der
Himmel
brannte
in
diesem
Winter

die
Sonne
war
tot

ob
Vögel
ob
Fliegen
nichts
lebte
mehr

Gras
wollte
nicht
wachsen

überall
roch
man

den
süßen
Duft

mit dem
deine
Mutter

verbrannte.

ARBEIT MACHT FREI

Nachts

machten
katzengroße
Ratten

die Runde durch
die schäbigen
Baracken

labten sich
am Parterre
der Pritschen

Um vier Uhr früh

ließ
man
euch

antreten
zum Zählappell
in Fünferreihen

die
Toten
der Nacht

wurden
mitgeschleift
wie Schlenkerpuppen

ihre
zerlumpten Fetzen
schon verteilt

dieser
Witz
das Zählen

mit Hunden
Schlagstöcken
Stiefeln und Peitschen

war
an guten Tagen
nach Stunden zu Ende

So gegen acht

ließ
man
euch

zur Musik
eines frenetisch
schmetternden Orchesters

zum Tor hinaus
marschieren
zur Arbeit.

Zählung der Toten

Gekleidet
waren sie allesamt
in perfekt sitzende
maßgeschneiderte
Schichten

glatter
glänzender
weißer
Läuse

ein stummes Ensemble
emsiger Zauberer
saugte Leben
aus
Leblosen

ihre
Emsigkeit
riß
die Toten
mit

Lider zitterten
Zehen zuckten
bisweilen ruckte gar ein Bein
wogte eine Brust
im sachten Rhythmus scheinbaren Atmens.

Ein Bild

Und du
Mutter
fielst darauf herein
und glaubtest
deine Mutter bewegt sich

du schriest
als man sie
an den
Fesseln
aus dem Haufen zog

Fesseln
auf die sie stolz war
ich hab gute Fesseln jawohl
sagte sie
wenn sie durch Łódź ging

in
türkis und kirschrot
karierten
Stöckelschuhen
aus Florenz

ihr Kopf
pendelte
langsam
hin und her
bezeigte seinen letzten Widerstand.

Die Latrine

Überraschend
wenige
stürzten in

die
zehn Meter
tiefe
Grube

mit
den glitschigen
Stangen

rundum
als
Sitzplatz

wer
klein
war

mußte
seine Beine
baumeln lassen

über
der dicken
braunen Brühe

die unten
blubberte

wie
ein
stockender
Vulkan

gezwungen
seinen
eigenen

Auswurf
zu
schlucken.

Die Habe der Reichen

Die Reichen
nahmen

ihre
Habe

überallhin
mit

ließen
sie

keinen
Moment

aus den
Augen

denn
ein Moment
genügte

und
sie war
gestohlen

Papier
zum
Polstern der Brust

stand
hoch
im Kurs

und Strick
zum
Sichern

von
Löffel
und Napf

Unterzeug
war
ein Millionenwert

beinahe
so
rar

wie
ein gleiches Paar
Schuhe

oder
Schuhe
überhaupt

und
mit
Mantel

kam
man
sich vor

wie
ein
König

ein
Rest
Lippenstift

unschätzbar wertvoll
zum
Wangenauffrischen

hauchte
dir
Leben ein

die Rettung
bei
Selektionen

zeigte
ihnen

wie
wohl

dir
war.

Heiße Suppe

Eines
Tages

sahst
du

einen
unbewachten
Kessel

voll
kochender
Suppe

der
Duft

trieb
dich
zum Wahnsinn

du
schöpftest

zwei
Handvoll

des
ranzigen
Treibguts

warfst
es

dir
in den
Hals

und
spürtest
den
Schmerz

Vater

erst
nach
dem
Schlucken.

Marilla

Als
Marilla

die
dir
im Kindergarten

die Farben
beibrachte

und
die Geduld

sich
an
den
elektrischen
Zaun
warf

hielt
der
sie fest

und
danach
klebten

kleine
Fetzen
Fleisch

am
Draht

dabei
hatte sie
bloß

falls
Gott
zuschaut

zu Ihm
gewollt

wegen
der
besseren Aussicht.

Kanada

Kanada
das waren
dreißig Blocks

weit entfernt
von
Ahornblatt und Elch

oder
Neuschottlandlachs

dieses
Neuland

in den Ausläufern
der
Karpaten

quoll
über
vor Reichtum

seine
Beute
riß es

in den
kilometerlangen

Reihen
menschlicher Fracht

sie
hatten sich
Gold und Silber
zugelegt

und
Edelsteine
und
Seide

Teppiche
Gobelins
und
ledergebundene
Bücher

und
Spielzeug
und
Essen

und
Porzellan
mit Monogrammen

und
feinste
Wäsche

zum
Start
in ein
neues
Leben.

Was geblieben war

Als
der
Rest der Welt

erwachte

fand
man

in dem
was
von Kanada

geblieben war

den
sechs

nicht
angezündeten
Blocks

38 000 Paar Herrenschuhe
13 964 Teppiche
und
836 255 Kleider.

Auf dem Markt

Auf dem
Markt

meist
hinter den
Latrinen
abgehalten

ging's
still und leise
lebhaft zu

eine
kleine
Schar

nervöser
Zuschauer

nahm nur
im Geiste
teil

wenn
andere

verhökerten
und
kauften

die
Angst

auf den
Gesichtern

war
wie
weggewischt

knallhart
wurde
gehandelt

mit
Brot
und Suppe

40 Gramm
Brot
brachten

Gummi
zur Besohlung
eines Schuhs

auch
dieses

bißchen
Shopping

hatte
seinen
Preis

wer
sich
erwischen
ließ

wurde
an Ort und Stelle

erschossen.

Tauschgeschäft

Zwei
Tage
lang

hattest
du
dir

das
halbe

Stück
Brot

unter
die
Achsel
geklemmt

auf
dem
Markt

diesem
stinkenden
Potpourrie

nervöser
Anbieter

und
Kunden

hast
du
das Brot

gegen
einen Löffel
eingetauscht.

Renjas Baby

Hinterher
erfuhrst
du

daß
Renjas
Baby

das
schon
lächeln
konnte

und
zeigen

und
über
Katzen
kieksen

ruhig
getrunken hatte

an
der
Brust

und
dem
Gas
entgangen war

als
man

die
Toten
auseinanderklaubte

ihnen die
Haare
abschnitt

und
einen
Berg

von Zähnen
abbaute

fand
man
es

geklammert

an
die
tote Brust

bevor
man
den Nachschub

für
die Krematorien

auf
Karren
lud

spaltete
man
ihm
den Schädel

warf
es

auf
eine

andere
Mutter.

Das Sonderkommando

Das Sonderkommando
die Häftlingsmannschaft
namens
Todesschwadron

rangiertc bloß
die Todesfracht

sortierte
die Teile
verpackte sie
neu

trieb
die
Herden
in die Duschen

zog
die
Vergasten
heraus

spritzte
sie ab
um den
Kot fortzuspülen

hängte
die glitschigen Leiber
mit Riemen
um die Handgelenke auf

und
stapelte
sie

in
den
Aufzug

zu
den
Krematorien.

Die erste Aufgabe

Als
erstes
hatte

jedes
Sonderkommando

die
Mannschaft

zu
töten

die
es

ablöste

die
Mannschaft

die
es

ablöste

ging
meistens

freiwillig.

Die Garantie

Im
Sonderkommando

hatte
man
die Garantic
auf

drei
Monate
Arbeit

Milch
Brot
saubere Decken

Cognac
Kuchen
Schokolade

und
drei
Monate
Leben.

Überlastung

Überstieg
die
Menge

der Toten
sogar
die
Krematoriumskapazität

ließ man
Gruben
ausheben

groß
genug

zweitausend
auf einmal
zu fassen

das Sonderkommando
übte sich darin
die Feuer

ohne
Aufwand
und viel Brennstoff
zu entzünden

als
beste
Methode
erwies sich

einen Dicken
einen Dünnen
und ein Kind

über Kreuz
zu
schichten

man
schrägte
die Gruben

und kippte
am Boden
sich sammelndes
Fett

über
die
zischenden
spuckenden

schimmernden
schwarzen
Leiber

so
brannten
sie

fünf
Stunden
lang

und
die
Reste

füllten
weniger
als

ein Drittel der Grube.

Einer

Konntest du

dich um einen
kümmern

um einen
sorgen

einen
beschützen

einen
herumschubsen

mit einem
teilen

einen
anschreien

einem
gut zureden

einen
beschuldigen

konnte dich

das
retten.

Das Revier

Nichts
ergab
einen Sinn

alles
war
unvorhersehbar

ein
endloser
Zug

von
Menschen

wurde
durch den
Schornstein
gejagt

andere
verbrannten
die
Erde

und
verstopften
die
Flüsse

nichts
ergab
einen Sinn

alles
war
unvorhersehbar

übertragbare
Krankheiten
waren gefürchtet
bei der SS

Block 20
die Seuchenstation
des
Reviers

erschien dir
in diesem Jahr
als

der
sicherste
Ort

der
Welt.

Zuletzt

Zuletzt
war es
ein Tollhaus

reines
Tollhaus

mörderischer
Tummelplatz
für Irre

Spukgestalten
und
Dämonen

die SS
war
geflohen

trieb
unzählige
Trupps

von
jämmerlichen
Clowns

in
Lumpen
und Papier

durch
eine
blinde
Welt

die
im Lager
Gebliebenen

hatten
sich krank
gestellt

was
leicht
ging

wenn
man
am Sterben war.

Der letzte Tag

Die letzten Tage
in
diesem

Schlachthaus

waren
noch
schlimmer

wider Erwarten
war
den Gefangenen

die
sichere Kenntnis
des Feindes

abhanden
gekommen

die meisten
waren
halbtot

keiner
war
ganz am Leben

das
schmutzig-gelbe
Wasser
war ausgegangen

die Leute
kratzten
die letzten

grauen
Reste
Schnee
zusammen

tranken
ihren
eigenen
Urin

schliefen
in
ihrem
Kot

am
letzten
Tag

briet sich
ein
Mann

die Leber
seines
Freundes.

Buna (Auschwitz III)

Buna
war
so groß

wie
eine
Stadt

zwanzig
Sprachen

wurden
gesprochen

in
diesem
Abkommen

zwischen
Nazis

und
IG Farben

über
die
Produktion

von synthetischem Gummi
durch Häftlinge

in dieser
Stadt
aus grauem
Beton

mit
ihrem
Karbidturm

wo
die
Maschinen

lebendiger
waren

als
die
Menschen

wurde
in über
vier Jahren

kein
Pfund Gummi
produziert.

Die Absolventin

Hast
einen

Abschluß
gemacht

in
beflissenem
Gehabe

an
dieser

Universität des
Grauens

wo
du

in
fünf Jahren
Studium

all deine
Lieben
verlorst

erst jetzt
vierzig
Jahre
später

kannst
du
betroffen
sein

kannst
du
dich
sorgen

kannst
du
ängstlich
sein

kannst
du
brüllen

kannst
du
schreien

kannst
Zuneigung
zeigen

und
Mitgefühl

und
ich
kann
erkennen

daß du
mich
liebst

Mutter.

Die Weichsel

Mais und Möhren
haben
mehr Farbe

Kartoffeln
und Erbsen
schmecken süßer

glatte dicke Zwiebeln
liegen
neben schärferem Knoblauch

blonde
Weizenhalme
stehen hoch

gespeist
vom lieben Wesen
deiner Mutter

der vollen
Stimme
deines Vaters

deiner
Lieblingsnichte

vier Brüdern
drei Schwestern
ihren Kindern

und der Fluß
einst fast erstickt
an Asche

fließt vorbei.

Meine Großmutter

Meine Großmutter
zwei Wörter
die ich selten
zusammen sage

traf
den Nagel
auf den Kopf

als
sie
von den Verwaltern

und der Polizei
im Ghetto
sprach

es
kommt
auch

Lagerkapos
gelegen

so
ihre
Worte

daß
Treibgut

bei
Sturm

am
höchsten
fliegt.

Markttag

Auf
dem
Markt

hast du
jedcsmal

Pan
Popow
zugesehn

mit
den
Bäckchen

rot
wie sein
Berg Rettiche

und
Pan
Hellers

Bauch
wölbte sich

über
den
Hosenbund

wenn
er
die
Rüben

abwog
und
Karotten

und
du
trugst

den
Krautkopf
heim

der
in den
Keller
kam

in
sein
Winterquartier.

Hanka

Hanka
deine
Nichte

die
dich

im Ghetto
durchgefüttert hat

von
ihren
Arbeitsrationen

war
neun

als
sie

nach
rechts
ging

ins
Gas

ihr
flachsblondes
Haar

noch immer
ein
Gewirr
sich kringelnder
Locken.

Wir stehen dabei

Meine
Tochter

sagst
du

gleicht
deiner
Nichte

wir
stehen dabei

als
semmelblonde
Locken

ungestüm
dem Himmel
zuwinken.

Das D.P.-Lager

Im
Lager
für Displaced Persons

hast du
Englisch
geübt

mit
der
amerikanischen
Militärpolizei

und
dich
gefreut

daß
du
sagen
konntest

schönen
Tag
noch.

Ankunft in Australien

Bei
eurer
Ankunft

dachtet
ihr

ihr
werdet
behandelt

wie
Könige

mit
offenen
Armen
willkommen geheißen

liebevoll
angesehn

geradezu
verehrt

es
empfingen
euch

aber
bange
Gesichter

sie
sagten

wir
wissen

ihr
habt

viel
durchgemacht

doch
am
besten

sich
nicht
belasten

mit
Gedanken
daran

vierzig
Jahre

habt
ihr
gebraucht

bis
ihr
versuchen konntet

darüber
zu sprechen.

Drei Tage später

Drei
Tage

nach
Ankunft

in
diesem

blauen
wolkenlosen
Land

hast
du

an
einer

Nähmaschine
gesessen

hast
Pyjamateile
zusammengesetzt

zusammen.

Unser Haus

In
unserm
blitzblanken
biederen Haus

mit
den Rosenbüschen
und
den Feigenbäumen

und
den Tischen
und
Couches

alles
Handarbeit
das Allerneueste

warst
du
niemals allein

eine
kunterbunte
Meute

zerlumpter
Leute

lebte
unter
unserm Dach

und manchmal
kamen
noch
welche dazu

du konntest dich kaum
an die Leute erinnern
ich hatte sie nie gesehen

bei
Feiern
sangen sie
und tanzten

ging
etwas schief
überboten sie sich
ihren Standpunkt
kundzutun

an
Jahrestagen
schlimmen Angedenkens
weinten sie
und klagten

zu allem
gaben
sie
ihren Senf dazu

waren
begeistert
von der Technik

das
sahen sie

zum ersten Mal
Fernseher
und Telefone überall

und
das Essen erst
das Essen
regelrecht fesselnd

Gäste
einzuladen
war nicht
leicht

wenn
das Haus
schon

so
voll war.

Leinen

Du
schläfst
auf

englischem
Leinen

ißt
von
Tischtüchern

aus
Schweizer
Damast

das
Silber
ist
spiegelblank

das
Porzellan
schimmert

ein
breiter
glatter

tadelloser
Teppich

bedeckt
den
Boden

die Geschirrschränke
Kommoden
Kredenzen

alles Handarbeit
und aufeinander abgestimmt

stehen
in
Gruppen
herum

wie
Verwandtschaft

geschniegelt
und
gestriegelt
ausgehfertig

sogar
im
Winter

strömt
Sonne

durch
dieses

biedere
Glashaus.

Alles sah normal aus

Wir hatten einen Hund
namens Spot
und
alles
sah normal aus

bis auf
die
vier Schlösser
an der
Tür

sie
hielten ja
kaum etwas
fern

drin
war das Tempo
des Lebens
verdoppelt

du konntest
gar nicht
langsamer gehen

kleine
Dinge
wurden
zu großen Ereignissen

alles
wurde
genau
registriert

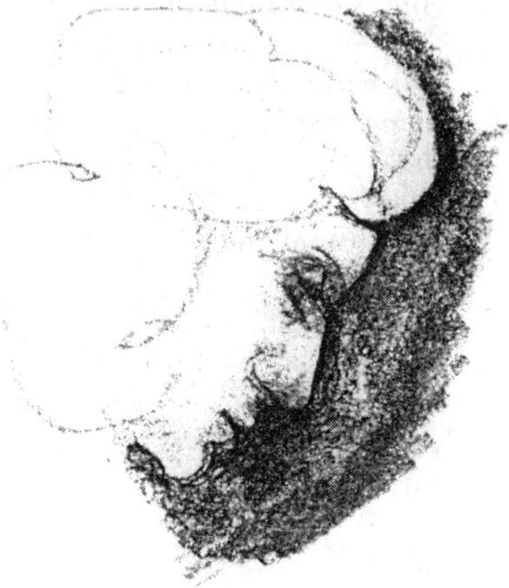

Zorn
machte sich
breit

dein
Arm
mit der Nummer

dein
dumpfer
Kopf

und
Hunderte
von
Toten

der
Boden
quietschte

die
Schränke
ächzten

der
Kühlschrank
kreischte

die
Vorhänge
hingen

schwer
vor
ausgesperrter Traurigkeit

und
du hast

geputzt
und
geputzt

und
gebügelt
und
genäht

und
gekocht
und
aufgetan

und
alles
sah normal aus.

In der Küche

Während du
in der Küche
laut geklappert

Sofakissen
aufgeschüttelt

mit wachsendem
Ingrimm
gewienert

gerieben
gebürstet
entstaubt

die Teppiche
fest
ausgeklopft
hast

immer
im Glauben
du seist
bei uns

warst du
Mutter
ganz
woanders

warst
wo
all die
Toten

ihr Urteil
abgaben
und
Strafe
zumaßen

dir rieten
und
stritten

sich drängten
und
tanzten

während du
in der Küche
laut geklappert hast.

Eine gewöhnliche Mahlzeit

Bei
einer

gewöhnlichen
Mahlzeit

konnten
wir

wählen
zwischen

Hühner-
und
Graupensuppe

Leber
Lamm-
und
Kalbskotelett

Karotten
Blumenkohl

Kartoffeln
und
Bohnen

Rettichsalat
Gurkenscheiben
Rote-Bete-Würfeln

und
drei Sorten
Nachtisch

gedünsteten Birnen
Apfelkompott

und
einer Scheibe
Kuchen.

Zum Frühstück

Zum
Frühstück

hast du
Dutzende

Orangen
ausgepreßt

die
Bagels
gebuttert

den
Käse
aufgeschlagen

den Hering
gehackt

Eier
mit

Zwiebeln
gebraten

und
kannenweise

Schwarztee
gekocht.

Abendessen

Der
grün marmorierte
Tisch
glänzte

beim
Essen

sahst
du
dein
Gesicht

und
die
Gesichter

derer
die
zu dir
gehörten

da
saß
Tochter
Nr. zwo

unbändig
sich kringelnde
Locken

verschlang
ein
Buch

konnte
kaum
hinschauen

zu
dir
oder mir
Vater

wenn
du
dir

ganze
Fischköpfe
auf einmal
in den Mund
gestopft

die Gräten
ausgespuckt

und
hörbar
geschmatzt hast

manchmal
klebte
an deinen
Lippen

noch
ein trübes
Auge

und
du
Mutter

von
der Stille
erschreckt

konntest
nicht
sitzen

mußtest
auftragen

und
klappern
und
kratzen

und
unsere
Teller
wechseln

und
aufpassen
daß ja nichts
anbrennt.

Vater

Ich
hielt
den Atem an

und
wußte

es
war
jedesmal

ein Wettlauf
mit dem Tod

wenn
du
abends
heimkamst

wie
ein Verrückter
gerannt bist

die
Wangen
hochrot

die
Augen
verdreht

und
nach dem
Schwarzbrot
gegrapscht hast

die
Senfgurken

die
dicke Wurst

sie flogen
aus
dem Kühlschrank

gleich
in
deinen
Mund

dann erst
wurdest
du
ruhig

hast
dir
das Gesicht
abgewischt

und
konntest
uns
fragen

wie
war's
in der Schule

meine
Mädchen

meine
Kleinen

Rooshka Rooshka
ich
rieche
Küchenduft

können
wir
essen?

Für dich

Hast
jahrelang
mit den Zähnen
geknirscht

hast
von
Kindern
gesprochen

im Schlaf
von
Kindern
mit hohlen Wangen

das rote Haar
um dein starres Gesicht
sonderbar schreiend

hast
für dich gesessen
irgendwo abseits

konntest
mich
nicht berühren
Mutter

mußtest
dich selber
halten.

Rooshkas Traum

Hast
in der Pomorska
eifrig
gelernt

und
nach der Schule
sogar Unterricht gegeben

und
Mathe und Chemie
gemeistert

deine
grünen
Augen
haben geleuchtet

beim Ergründen
von Biologie
und Physik

und
dein
Vater
war so stolz

kilometerweit
hat man's
gesehen

warst
in der Pomorska

eins
der
wenigen

jüdischen
Mädchen

die
weiter
träumten

als bis zu
Ehe
und Kindern

du
wolltest
Kinderärztin
werden

wurdest
angehalten
in der Pomorska

beim Weggehen
aus Łódź

trotz
grüner
Augen

und
rotem
Haar

hast
in der Palacowa

dann
im Ghetto

noch
Monate
nach
Schulabschluß

von
deinen Prüfungen
geträumt

mußtest
sie
nachholen
immer wieder.

Ich habe dein Gesicht

Du hast es nie verwunden
und ich
und andere Mutter
tragen an deiner Last

ich drücke sic an mich
wie einen löchrigen Umhang
einen verschlissenen Mantel

ich trage an deinem Argwohn
kann keinen umarmen
Mutter

ich habe den eisigen Blick
mit dem du
mich angeschaut hast

ich trage an deiner Verzweiflung
und schleppe Fremde herum
die sich in mir bekriegen

ich trage an deiner Angst
mit geübter Leichtigkeit
dir zuliebe

ich habe dein Gesicht
und Mutter
dahinter heult die grüne Hexe.

Sogar das Meer

Sogar das Meer sieht verwaschen aus
als habe man's einmal
zu oft gespült
und dabei das Grün ausgebleicht

eine tiefblaue Linie
kriecht über den Horizont
und liegt
unter meinen Augen

du hattest damals rotes Haar
braunrote Korkenzieherlocken
wehten durch Łódź

die Stadtschönheit
hieß es
und gescheit blitzgescheit

ich blicke auf
das Meer schäumt
milchig
von deinen leeren Hängebrüsten

deine roten Locken
ein erstarrter Schrei
übertönen laut ein einsames Lied

dein Gesicht du Arme
das einst betörte
das manchen nicht ruhen ließ
es ist verloschen

ich halte dich
wie ich das Wasser
halte und mich Mutter.

The Auschwitz Poems

To The Left

You knew / as soon / as you / stepped / from the train // that / the world / had gone / vanished / moved on // all / that remained / was / a giant / grey stain // striped / with ghouls / and ghosts / who'd missed / the boat // they clubbed you / to the left / to the left / was life / mother // they chopped / those large wild curls / that used to whirl / around your face / mother // shaved / your sweet head / under your arms / between your legs // plucked / of yourself / you resembled / the trembling chickens / your father bought in Lodz // for / lunch / lunch with your brothers / Szymek and Abramek / Jakob and Felek // captured / and captivated / with your / quick eyes / and wide smile // they left you naked / in a line / for two days / and two nights / under a dead sky // to the left / to the left / was life / mother.

Children I

You / mother / would have // like / all / the other / mothers // gone / with / the / children // held / their / hands // hushed / their / cries // smoothed / their / hair // pulled / a pullover / into place // jammed / in // they / held / their children / high // to / breathe / the last air // the / gas / burst / from the ceiling // hitting / them / first.

Children II

There / were / thin children // fat children // brown-eyed / children // blue-eyed / green-eyed / wide-eyed children // you'd / think / it was harder // to / kill / the children // it / was / easy // they / were / flung in the air // for / target / practice // had / their heads / broken // against / the nearest / wall // they / bent others / across their knees // like / twigs / snapping their backs // the lucky ones / walked with their mothers / to the gas.

The Life

It was / a frantic / life // nothing / remained / the same // from / minute / to minute // there / was / no peace // there / was / no rest // there / was / no rhythm // there / was / no sense // there / was / no life.

Invisible

It was / essential // to / develop // the / skill // of / appearing / invisible // to / look / at the ground // slink / around // slide / inside // mix / in the middle // to / work // and / walk // and / sometimes / talk // as / though // you / didn't / exist.

Sleep

Jammed / on the / planks // they / could only / sleep on their sides // forced / to move / in unison // like / synchronised / swimmers // a / corps de ballet / with corpses // occupied / hell's / private hotel.

Soup

It could have / been called / surprise soup // soupe / a la surprise / haute cuisine // served / twice / daily // it often / contained / a key // pieces of tin / tufts of hair / lengths of string // a / dismembered / mouse // mainly / made / from thistles // it / gripped and pinched / your bowels // before / rushing through / to greet your feet.

Possessions

A bowl / was a life-saving / piece of equipment // any bit of bent metal / rusted tin / worn enamel // without / a / bowl // you / couldn't / eat soup // had / to / make do // with / sawdust-soaked / mud board // that / passed / for bread // a spoon / meant / good fortune // dignity / and / humanity.

After a Year

After a year / you / thought // you / must / have been // struck / from / the list // of / the / living // left / in / no / place // suspended / in / no / time // moving / in / no / space // taking / in / nothing.

Sport

The / prisoners / were / ordered // to / run / on / the spot // drop / to the / ground // hop / like / frogs // then / run / again // this / daily / drill // which lasted / for / hours // was / known / as / sport // sport / was / not / something // Jews / usually / excelled / in // though / you / couldn't / tell // watching / this ragged / pack of / eager gymnasts.

Their Bodies

The / bodies / fed // on / themselves // first / the / fat // next / the / flesh // finishing / off // with / the / muscles // which / no / longer // responded / to / the / head.

Muselmänner (Moslems)

Death / was / loosely / wound around them // leaving / them / room / to breathe // they / walked / blindly // spoke / with / a slur // were / avoided / by // those / who / wanted / to stay alive // as / though / hopelessness / was infectious // these / Moslems / these / Muselmänner // named / after / beggars / starving in India // could / no longer / understand / orders // and / were / often // beaten / to / death.

Conjuring

At / night // you / sometimes / talked // of / who / made // better / borscht // and / whether / sour cream // should / be / mixed // or / dobbed / on top // and / were / potatoes / tastier //

with / dill / or / paprika // or / onions / and / butter // and / your / mother's / carrots // shiny / with / honey // until / on // your / stiff / straw / sack // you / fell // into / a / grim / sleep.

Another Selection

Mengele looked / while the Kommandant / lightly whipped / the thin nipples / shrivelled around / their empty bags of breast // rows and rows / of wrinkled pink tips / sitting on bowed ribs // the night sky / a romantic red / blazed with arms legs and heads // the thick air / sweet / with your mother's bones burning // the snow / clothed in / black ash / was mourning // and you stood / pushing out / what remained / of the flesh on your chest // it passed the test.

Breasts

It was strange / the way / the breasts / changed // first / the flesh / fell // as though / dropped / from shock // breasts / old and young / hung / facing the floor // till / they / disappeared / existed no more // loose pleats / of skin / covered / the vacated spaces // lying / limp / and / lifeless // and then / in rage / the skin shrank // stretched itself taut / across the chests / with no breasts.

Selection

He leapt through / the line / like // a / sharp angled / soloist // a / mad / dancer // a / principal / in a private ballet // before / he'd pinched / and pinched / his cheeks // so / they sat / like red moons / in a grey sky // armed / against / accidents // he'd / emptied / himself // of / the typhoid / that dripped / from his bowels // he hurtled himself / so high / his bones // looked / like / they might // burst through / and / puncture / the performance // right / said / Mengele // and / he knew / he was / allright.

No Flies

The / sky / was / on / fire / that / winter // the / sun / had / died // no / birds / or / flies / were / left / alive // grass / refused / to / grow // everywhere / you / could / smell // the / sweet / scent / of / your / mother // burning.

Arbeit Macht Frei
(Freedom through work)

At night // rats / the size / of cats // patrolled / the broken / barracks // feasting / on the bottom / rung of bunks // At four a.m. // they / called / roll call // lined / you in rows / of five // those / who hadn't / survived the night // propped / like / deformed dolls // their / shredded rags / already grabbed // this / counting / circus // performed / with dogs / clubs boots and whips // on / a good day / ended in hours // At about eight // accompanied / by a frantically / boisterous band // they / marched you / to the gate // to / begin the walk / to work.

Body Count

They were dressed / all of them / in finely tailored / made to measure / layers // of / sleek / shiny / white / lice // a silent ensemble / of moving magicians / sucking life / from / the lifeless // their / movements / moved / the / dead // eyelids flickered / toes twitched / sometimes a whole leg shifted / chests swayed / in a soft rhythm of fraudulent breath.

An Image

And you / mother / were fooled / you thought / your mother moved // you shouted / as they / pulled her from the pile / by her / ankles // ankles / she was proud of / I have good ankles yes / she'd say / walking through Lodz // in / chequered / aqua and cerise / high heeled shoes / from Florence // her head / swung / slowly / from side to side / banging out its final resistance.

The Toilet

Surprisingly / few / fell in // the / thirty feet / deep / pit // with / slippery / poles // around / the / edge // to / sit / on // those / who / were / short // had / to / dangle / their legs // above / the thick / brown sea // swelling / lightly / below // like / a / volcano // cut short / forced / to / swallow // its / own / eruption.

Possessions of the Rich

The / rich // walked / everywhere // with / their / possessions // never / left / them // for / one / second // for / one / second // was / enough // for / someone / to steal them // paper / to / pad your chest // was / at / a premium // and / string / to secure // your / spoon / and bowl // underwear / was / millionaire's square // almost / unheard / of // like / matching / shoes // or / shoes / at all // and / a / coat // could / make / you // feel / like / a king // a / stump / of lipstick // priceless / for / pinking your cheeks // flushed / life / into you // saved / you / in selections // showed / them // how / well // you / were.

Hot Soup

One / day // you / saw // an / unguarded / cauldron // of / boiling / soup // the / smell // drove / you / wild // you / scooped // two / handfuls // of / that // rancid / flotsam // throwing / it // down / your / throat // and / only // felt / the / pain // father // when / you / stopped // swallowing.

Marilla

When / Marilla // who'd / taught / you // patience / and / colours // at / kindergarten // threw / herself // against / the / electric / fence // it / gripped / her // and / left // little / shreds // of / flesh // fried / to / the / wire // she'd / thought // if / God / was / watching // she'd / join / Him // for / a / better view.

Canada

Canada / was / thirty barracks // far removed / from / maple leaves and moose // or / Nova / Scotia / salmon // this / new / frontier // in the foothills / of / the / Carpathian Mountains // just / bulged / with wealth // it / swallowed / its loot // from / queues / of human cargo // that / stretched / for / miles // they'd / bought / gold and silver // and / diamonds / and / silks // tapestries / carpets / and / leather bound books // and / toys / and / food // and / monogrammed / porcelain // with / the / finest / linen // to / start / their / new / lives.

What Was Left

When / the / rest of the world // woke / up // they / found // in / what / was left // of / Canada // the / six / barracks // that / hadn't / been burnt // 38,000 pairs of mens shoes / 13,964 carpets / and / 836,255 dresses.

The Market

The / market // held / mostly // behind / the / toilets // was / quietly / boisterous // a / thin / throng // of / nervous / onlookers // lived / vicariously // while / others // hawked / and / bought // the / fear // brazened / away // from / their / faces // bold / deals // were / negotiated // in / bread / and soup // 40 grams / of / bread // bought / rubber / to sole a shoe // the / price // for / this // bit / of / shopping // if / you / were / spotted // was // to / be / shot // on / the / spot.

Trading

For / two / days // you / held // your / half // piece / of / bread // clenched / in / your / armpit // at / the / market // that / smelly / cabaret // of / edgy / merchants // and / buyers // you / traded // the / bread // for / a / spoon.

Renya's Baby

Afterwards / you / heard // that / Renya's / baby // who / could / already / smile // and / point // and / laugh / at / cats // was / sucking / quietly // on / the / breast // and / missed / the / gas // when / they // untangled / the / dead // chopped / their / hair // and / mined // a / sea / of teeth // they / found / her // attached // to / the / dead breast // before / loading / the / trolley // that / serviced / the ovens // they / split / her / head // hurled / her // on / top / of // another / mother.

The Sonderkommando

The Sonderkommando / those prisoners / known as / the Death Squad // merely / shuffled / death around // re-arranging / and / re-packaging / the components // they / herded / crowds / into the showers // pulled / them / out / gassed // hosed / them / to get rid of / the crap // hooked / the slippery bodies / with / thongs around the wrists // and / piled / them // into / the / elevators // for / the / ovens.

The First Job

The / first / job // of / every / Sonderkommando / unit // was / to / kill // the / unit // they / were // replacing // the / unit // they / were // replacing // mostly / went // willingly.

The Guarantee

In / the / Sonderkommando // you / were / guaranteed // three / months / work // milk / bread / clean sheets // chocolate / cake / cognac // and / three / months / life.

Overload

When / the / numbers // overloaded / even / the / ovens // they / dug / big pits // that / could / fit // two / thousand / at a time // the Sonderkommando / learnt / to lay / the fires // with / a / minimum / of fuss and fuel // the / best / burning / arrangement // they / found / criss-crossed // a / fat / man // a thin / man // and / a / child // they / slanted / the pits // so / they / could / tip // fat / from / the / bottom // over / the / hissing / spitting // glistening / black / bodies // to / keep / them / burning // for / five / hours // the / remnants / then // filled / less / than // a third of the pit.

Someone

If you had // someone / to look after // someone / to worry about // someone / to protect // someone / to push // someone / to share with // someone / to shout at // someone / to encourage // someone / to accuse // it / could / save you.

The Hospital

Nothing / made / sense // everything / was / unpredictable // an / endless / procession // of / people // were / fed / to the / sky // others / burned / the / earth // and / filled / the / rivers // nothing / made / sense // everything / was / unpredictable // the SS / dreaded // contagious / diseases // Block 20 / the / infectious / ward // of / the / hospital // that year / felt / like // the / safest / place // on / earth.

In The End

It was / bedlam / in the end // bedlam / in / this // murderous / circus / of lunatics // demons / and / ghosts // the SS / had / fled // marching / troops / and troops // of / poor / stick clowns // wrapped / in / rags / and paper // across / a / blind / world // those / who'd / remained // in / the / camp // had / feigned / illness // which / was / easy // when / you were / dying.

The Last Day

The last days / in / this // slaughter / theatre // were / even / worse // perversely / the / prisoners // missed / the / security // the / certainty / of the enemy // most / were / half-dead // no-one / was / wholly alive // the / muddy yellow / water // had / run / out // people / scraped / the remaining // grey / spots / of / snow // drank / their / own / piss // slept / in / their / shit // on / the / last / day // a / man / cooked // his / friend's / liver.

Buna (Auschwitz III)

Buna / was / the size // of / a / city // twenty / languages // were / spoken // in / this / arrangement // between / the / Nazis // and / I. G. Farben // for / the / prisoners // to / produce / synthetic rubber // this / grey / concrete / town // with / its / carbide tower // where / the / machines // were / more / alive // than / the / men // over / four / years // never / produced // a / pound // of / rubber.

A Graduate

You / gained // a / degree // in / anxious / expression // from / this // university of / horror // where / over // a / five year / course // you / lost // everyone / you / loved // now / forty / years / later // you / can / be / concerned // you / can / be / worried // you / can / be / fearful // you / can / shout // you / can / scream // you / can / show / kindness // you / can / show / sympathy // and / I / can / see // love / for / me // mother.

The Vistula

The corn and carrots / have / more colour // potatoes / and peas / taste sweeter // sleek fat onions / sit / with sharper garlic // creamy / stalks of wheat / stand tall // nourished / with your mother's / sweet nature // your father's / rich / voice // your / favourite / niece // four brothers / three sisters / their children // the river / once almost choked / with ash // rushes past.

My Grandmother

My grandmother / two words / I've rarely / put together // put / it / best // when / she / described // the / ghetto / heads // and // police // it / also / suits // the / kapos / in / the / camps // she / said / that // in / a / hurricane // the / flotsam / flies // the / highest.

Marketing

At / the / market // you'd / watch // Mr / Popov // whose / red / cheeks // matched / his // mountain / of / radishes // and / Mr / Heller // whose / big / belly // sat / over // his / straining / zip // while / he / weighed // the / turnips / and // carrots / and / you / carried // the / cabbage / home // to / sit // in / the / cellar // pickling / itself // for / the / winter.

Hanka

Hanka / your / niece // who'd / fed / you // in / the / ghetto // with / her / work rations // was / nine // when / she / walked // to / the / right // to / the / gas // her / flaxen / hair // still / springing // in / excited / spirals.

We Watch

You / say // my / daughter // looks / like // your / niece // we / watch // her / strawberry / curls // waving / wildly / to the sky.

The D.P. Camp

In / the / Displaced Persons Camp // you'd / practised / English // with / the / American / Military Police // and / were / pleased // to / be / able // to / say // have / a / good / day.

Arriving in Australia

When / you / arrived // you / imagined // you'd / be / treated // like / kings // welcomed / with / open / arms // looked / at / lovingly // revered / really // what / greeted / you // were / anxious / faces // they / said // we / know // you've / been // through / a lot // but / it's / best // not / to / disturb / yourself // with / those / thoughts // it / took / you // forty / years // to / try // to / talk // about / it.

Three Days Later

Three / days // after / arriving // in / this // blue / cloudless / country // you / were // sitting / behind // a / sewing machine // putting / parts / of pyjamas // together / together.

Our House

In / our / shiny / square house // with / rose bushes / and / fig trees // and / handmade / up to date // tables / and / couches // you / were / never alone // a / bedraggled / pack // of / scrappy / people // lived / with / us // they / were joined / sometimes // by / people / you hardly remembered // and / I'd / never seen // at / celebrations / they sang / and danced // when / things went wrong / they jostled / to push / their point of view // on / anniversaries / of bad memories / they wept / and wailed // nothing / passed / their / comment // they / were / delighted / by technology // hadn't / lived / to see / everywhere telephones / and television // and / the food / the food / was rivetting // it / was hard / to invite / people / home // to / such / a / crowded / house.

Linen Sheets

You / sleep / on // English / linen / sheets // eat / from / Swiss // cotton / table / cloths // the / silver / has // a / mirror / finish // the / china / shines // a / smooth / expanse // of / flawless / carpet // flows / over / the floor // the / hand-made /

matching // cupboards / and / sideboards // and / drawers // stand / around // in / clusters // like / family // spruced / and / sheened // prepared / for / an outing // even / in / winter // the / sun / streams // through / this // square / glass / house.

Everything Looked Normal

We had a dog / called Spot / and / everything / looked normal // except / for / four locks / on the / front door // which / didn't / shut / much out // inside / life was lived / at twice the rate // you couldn't / deliberate / slow the pace // small / events / became / great occasions // no / detail / escaped / intense observation // anger / crowded / the house // your / numbered / arm // your / numb / head // and / hundreds / of / dead // the / floor / screeched // the / cupboards / groaned // the / fridge / shrieked // and / the / curtains / hung // weighted / with / banished sadness // and / you // cleaned / and / cleaned // and / ironed / and / sewed // and / cooked / and / served // and / everything / looked normal.

In The Kitchen

While you / clattered loudly / in the kitchen // pounded / pillows / into place // mopped / with more / ferocity // dusted / rubbed / and brushed // shook / the carpets / hard // you / thought / you were / with us // mother / you were / in / another place // where / all / the / dead // dispensed / judgments / and / sentence // advised / and / argued // jostled / and / danced // while you / clattered loudly / in the kitchen.

An Ordinary Meal

At / an // ordinary / meal // we / had // a / choice // of / chicken // or / barley / soup // liver / lamb / or / veal // carrots / cauliflower // potatoes / and / beans // a radish / salad // sliced / cucumber // diced / beetroot // and / for / sweets // stewed / pears // apple / compote // or / a / slice // of / sponge.

For Breakfast

For / breakfast // you / squeezed // dozens / of / oranges //
buttered / the / bagels // beat / the / cream cheese // chopped /
herring // fried / onions // with / eggs // and / boiled // pots /
of / black tea.

Dinner

The / marbled / green table / gleamed // while / you / ate //
you / could / see / your face // and / the / other / faces // that /
belonged / to you // there / was / daughter / two // wild /
winding / curls // burying / a / book // could / hardly / look //
at / you / or me / father // as / you / pushed // whole / heads /
of / fish // into / your / mouth // and / spat / the bones / out //
loudly / savouring / the / taste // sometimes / a / shiny / eye //
dangled / from / your lips // and / you / mother // frightened /
by / stillness // could / never / sit // had / to / serve // and /
bang / and / scrape // and / change / our / plates // and / stop /
food / burning.

Father

I / held / my breath // and / knew // you / were / defying /
death // each / night // when / you / came / home // and / ran /
like mad // your / cheeks / on / fire // your / eyes / high in
your head // grabbed / the / round / black bread // fat /
yellow / pickles // and / thick / sausage // flew / from / the
fridge // to / your / mouth // and / then / calm // you /
mopped / your / face // and / spoke / to / us // how / was /
school // my / little / chickens // my / darling / girls //
Rooshka Rooshka / I / can / smell // the / cooking // are / we /
ready // to / eat?

By Yourself

Your teeth / rattled around / your mouth / for years // you'd shout / in your / sleep // about / children / children with / holes in their cheeks // your red hair / a queer scream / around your motionless face // you'd sit / by yourself / somewhere else // you / couldn't / touch me / mother // you / had to / hold yourself.

Rooshka's Dream

In Pomorska Street / you / studied hard // and / tutored / after school // and / mastered / chemistry and maths // your / green / eyes / glowed // probing / physics / and biology // and / your / father's / pride // could / be / seen / for miles // in Pomorska Street / you / were // one / of / the / few // Jewish / girls // who / dreamt / further // than / marriage / and children // you / wanted / to be / a paediatrician // in Pomorska Street / despite / your / red hair // and / green / eyes // they / stopped / you // leaving / Lodz // in Palacowa Street / in / the / ghetto // months / after / your final / school exams // you / dreamt // over / and / over again // you / still / had / to sit them.

I Wear Your Face

You never recovered / and I / and others mother / wear your burden // hugging it to me / like a collapsed cloak / a tattered coat // I wear your wariness / can't hug another / mother // I wear the glare / you froze me / with // I wear your desperation / and carry / warring strangers within myself // I wear your fear / with practised ease / pleasing you // I wear your face / and mother / the green witch howls behind it.

Even The Sea

Even the sea looks washed out / as though they'd rinsed it one / too many times / bleeding its green // a deep blue line / snakes across the horizon / and sits / under my eyes // you were red-haired then / sienna sausages of curl / streaming through Lodz // the beauty of the town / they said / and clever so clever // I look up / the sea is creamy / milked / by your empty bags of breast // your red locks / scream stiffly / loudly masking a desolate tune // your poor face / that once haunted / and teased / has broken // I am clutching you / here with the sea / with me mother.

Inhalt

Lily Brett

Einfach so

Aus dem Amerikanischen von Anne Lösch
suhrkamp taschenbuch 3033
446 Seiten

Einfach so erzählt die Geschichte einer Frau, die in New York zu Hause ist. Sie schreibt Nachrufe für eine Zeitung, ihr Ehemann, mit dem sie glücklich ist, spielt eine gewisse Rolle in der New Yorker Kunstszene, zu der sie allerdings eine ironisch-direkte Beziehung pflegt. Sie lebt in einem weitläufigen Loft, hat drei aufmüpfige, aber wohlgeratene Kinder, und wenig Außergewöhnliches, nichts Dramatisches drängt sich in den Ablauf ihrer Tage. Das Außergewöhnliche liegt in ihr selbst, in ihrer Art, die Umwelt wahrzunehmen: Soll sie ein koscheres Huhn kaufen, oder darf sie auf die Instanthühnerbrühe zurückgreifen? Kann sie sich von den reichen Gastgebern mit deren Mercedes zur Dinnerparty kutschieren lassen? Ihre Lebensgeschichte – sie ist die Tochter jüdischer Eltern, die den Holocaust überlebt haben – ist immer präsent. Gegenwart und Vergangenheit sind für sie untrennbar verbunden, und ihr Beruf – durch den sie häufig Begräbnisse zumeist völlig fremder Menschen besuchen muss – verstärkt das Gefühl der Zerbrechlichkeit des Glücks.

NF 246/1/7.00

Lily Brett

Zu sehen

Aus dem Amerikanischen von Anne Lösch
suhrkamp taschenbuch 3148
332 Seiten

›Mein Körper‹, ›Sex‹, ›Meine Tochter‹, ›Essen‹, ›Tod‹, ›Liebe‹, ›Altern‹, ›Schreiben‹: das sind die Themen des neuen Buches von Lily Brett, das noch mehr von ihrem Leben preisgibt als *Einfach so*, ihr autobiographischer Roman, der zum Bestseller wurde.
»Intimität ist meine Spezialität«, sagt Lily Brett, und sie verbirgt nichts. Als Tochter zweier Holocaust-Überlebender war es für sie ein langer Weg, zu sich selbst und damit auch zu dieser Offenheit zu finden, die Welt »zu sehen«, wie sie ist. Eine Frau in der Mitte ihres Lebens zeigt sich mit all ihren Ängsten, Hoffnungen und Problemen, aber auch mit dem scharfen Blick für das Wesentliche – und dem Humor, den Brett-LeserInnen so lieben.
Lily Brett schafft das, was nur die ganz großen Autorinnen und Autoren können: In ihren Texten werden alltägliche, scheinbar banale Situationen, aus denen das Leben nun einmal besteht, zu großer Literatur.

»*Zu sehen* ist ein einziger großer Monolog, in den vom Belanglosen bis zum Folgenreichen alles einfließt und zusammengehört ... Es ist die Ernte einer Respekt gebietenden Lebensbefragung, einer feinfühligen Beobachtung und sprachlicher Virtuosität.«
Frankfurter Allgemeine Zeitung

NF 285/1/12.00

suhrkamp taschenbücher
Eine Auswahl

Tschingis Aitmatow. Dshamilja. Erzählung. Mit einem Vorwort von Louis Aragon. Übersetzt von Gisela Drohla. st 1579. 123 Seiten

Isabel Allende
- Eva Luna. Roman. Übersetzt von Lieselotte Kolanoske.
- Fortunas Tochter. Roman. Übersetzt von Lieselotte Kolanoske. st 3236. 486 Seiten
- Das Geisterhaus. Übersetzt von Anneliese Botond. st 1676. 500 Seiten
- Paula. Übersetzt von Lieselotte Kolanoske. st 2840. 488 Seiten

Ingeborg Bachmann. Malina. Roman. st 641. 368 Seiten

Ulrich Beck/Elisabeth Beck-Gernsheim. Das ganz normale Chaos der Liebe. st 1725. 301 Seiten

Jurek Becker
- Amanda herzlos. Roman. st 2295. 384 Seiten
- Bronsteins Kinder. st 2954. 321 Seiten
- Jakob der Lügner. Roman. st 774. 283 Seiten

Samuel Beckett
- Molloy. Roman. Übersetzt von Erich Franzen. st 2406. 248 Seiten
- Warten auf Godot. Deutsche Übertragung von Elmar Tophoven. Vorwort von Joachim Kaiser. st 1. 245 Seiten

NF 265/1/1.03

Louis Begley
- Lügen in Zeiten des Krieges. Roman. Übersetzt von Christa Krüger. st 2546. 223 Seiten
- Schmidt. Roman. Übersetzt von Christa Krüger. st 3000. 320 Seiten
- Schmidts Bewährung. Roman. Übersetzt von Christa Krüger. st 3436. 314 Seiten

Walter Benjamin. Illuminationen. Ausgewählte Schriften. Herausgegeben von Siegfried Unseld. st 345. 417 Seiten

Thomas Bernhard
- Alte Meister. Komödie. st 1553. 311 Seiten
- Heldenplatz. st 2474. 164 Seiten
- Holzfällen. st 3188. 336 Seiten
- Wittgensteins Neffe. st 1465. 164 Seiten

Peter Bichsel
- Eigentlich möchte Frau Blum den Milchmann kennenlernen. 21 Geschichten. st 2567. 73 Seiten
- Kindergeschichten. st 2642. 84 Seiten
- Zur Stadt Paris. Geschichten. st 2734. 120 Seiten

Volker Braun. Hinze-Kunze-Roman. st 3194. 240 Seiten

Bertolt Brecht
- Dreigroschenroman. st 1846. 392 Seiten
- Geschichten vom Herrn Keuner. st 16. 108 Seiten
- Hundert Gedichte. Ausgewählt von Siegfried Unseld. st 2800. 188 Seiten

Lily Brett
- Einfach so. Roman. Übersetzt von Anne Lösch. st 3033. 446 Seiten
- Zu sehen. Übersetzt von Anne Lösch. st 3148. 332 Seiten

NF 265/2/1.03

Antonia S. Byatt. Besessen. Roman. Übersetzt von Melanie Walz. st 2376. 632 Seiten

Truman Capote. Die Grasharfe. Roman. Übersetzt von Annemarie Seidel und Friedrich Podszus. st 3135. 208 Seiten

Paul Celan. Gesammelte Werke 1-3. Gedichte, Prosa, Reden. Drei Bände. st 3202-3204. 998 Seiten

Clarín. Die Präsidentin. Roman. Übersetzt von Egon Hartmann. Mit einem Nachwort von F. R. Fries. st 1390. 864 Seiten

Sigrid Damm. Ich bin nicht Ottilie. Roman. st 2999. 392 Seiten

Marguerite Duras. Der Liebhaber. Übersetzt von Ilma Rakusa. st 1629. 194 Seiten

Karin Duve. Keine Ahnung. Erzählungen. st 3035. 167 Seiten

Tristan Egolf. Monument für John Kaltenbrunner. Roman. Übersetzt von Frank Heibert. st 3382. 528 Seiten

Hans Magnus Enzensberger
- Ach Europa! Wahrnehmungen aus sieben Ländern. Mit einem Epilog aus dem Jahre 2006. st 1690. 501 Seiten
- Gedichte. Verteidigung der Wölfe. Landessprache. Blindenschrift. Die Furie des Verschwindes. Zukunftsmusik. Kiosk. Sechs Bände in Kassette. st 3067. 633 Seiten

Hans Magnus Enzensberger (Hg.). Museum der modernen Poesie. st 3446. 850 Seiten

Laura Esquivel. Bittersüße Schokolade. Mexikanischer Roman um Liebe, Kochrezepte und bewährte Hausmittel. Übersetzt von Petra Strien. st 2391. 278 Seiten

NF 265/3/1.03

Max Frisch
- Andorra. Stück in zwölf Bildern. st 277. 127 Seiten
- Biedermann und die Brandstifter. Ein Lehrstück ohne Lehre. st 2545. 95 Seiten
- Homo faber. Ein Bericht. st 354. 203 Seiten
- Mein Name sei Gantenbein. Roman. st 286. 288 Seiten
- Montauk. Eine Erzählung. st 700. 207 Seiten
- Stiller. Roman. st 105. 438 Seiten

Norbert Gstrein. Die englischen Jahre. Roman. st 3274. 392 Seiten.

Fattaneh Haj Seyed Javadi. Der Morgen der Trunkenheit. Roman. Übersetzt von Susanne Baghstani. st 3399. 416 Seiten

Peter Handke
- Die drei Versuche. Versuch über die Müdigkeit. Versuch über die Jukebox. Versuch über den geglückten Tag. st 3288. 304 Seiten
- Kindergeschichte. st 3435. 110 Seiten
- Der kurze Brief zum langen Abschied. st 172. 195 Seiten
- Die linkshändige Frau. Erzählung. st 3434. 130 Seiten
- Mein Jahr in der Niemandsbucht. Ein Märchen aus den neuen Zeiten. st 3084. 632 Seiten
- Wunschloses Unglück. Erzählung. st 146. 105 Seiten

Christoph Hein
- Der fremde Freund. Drachenblut. Novelle. st 3476. 176 Seiten
- Horns Ende. Roman. st 3479. 320 Seiten
- Willenbrock. Roman. st 3296. 320 Seiten

Marie Hermanson. Muschelstrand. Roman. Übersetzt von Regine Elsässer. st 3390. 304 Seiten

Hermann Hesse
- Demian. Die Geschichte von Emil Sinclairs Jugend. st 206. 200 Seiten
- Das Glasperlenspiel. Versuch einer Lebensbeschreibung des Magister Ludi Josef Knecht samt Knechts hinterlassenen Schriften. st 2572. 616 Seiten
- Siddhartha. Eine indische Dichtung. st 182. 136 Seiten
- Unterm Rad. Erzählung. st 52. 166 Seiten

Ödön von Horváth
- Geschichten aus dem Wiener Wald. st 2370. 246 Seiten
- Glaube, Liebe, Hoffnung. st 2372. 158 Seiten
- Jugend ohne Gott. st 3345. 182 Seiten

Bohumil Hrabal. Ich habe den englischen König bedient. Roman. Übersetzt von Karl-Heinz Jähn. st 1754. 301 Seiten

Uwe Johnson
- Jahrestage. Aus dem Leben der Gesine Cresspahl. Einbändige Ausgabe. st 3220. 1728 Seiten
- Mutmassungen über Jakob. st 3128. 308 Seiten

James Joyce
- Dubliner. Übersetzt von Dieter E. Zimmer. st 2454. 228 Seiten
- Ulysses. Roman. Übersetzt von Hans Wollschläger. st 2551. 988 Seiten

Franz Kafka
- Amerika. Roman. st 2654. 311 Seiten
- Der Prozeß. Roman. st 2837. 282 Seiten
- Das Schloß. Roman. st 2565. 424 Seiten

André Kaminski. Nächstes Jahr in Jerusalem. Roman. st 1519. 392 Seiten

NF 265/5/1.03

Bodo Kirchhoff. Infanta. Roman. st 1872. 502 Seiten

Wolfgang Koeppen
- Tauben im Gras. Roman. st 601. 210 Seiten
- Der Tod in Rom. Roman. st 241. 187 Seiten
- Das Treibhaus. Roman. st 78. 190 Seiten

Else Lasker-Schüler. Gedichte 1902-1943. st 2790. 439 Seiten

Gert Ledig. Vergeltung. Roman. Mit einem Nachwort von Volker Hage. st 3241. 224 Seiten

Stanisław Lem
- Der futurologische Kongreß. Übersetzt von I. Zimmermann-Göllheim. st 534. 139 Seiten
- Sterntagebücher. Mit Zeichnungen des Autors. Übersetzt von Caesar Rymarowicz. st 459. 478 Seiten

Hermann Lenz. Vergangene Gegenwart. Die Eugen-Rapp-Romane. Neun Bände in Kassette. 3000 Seiten

H. P. Lovecraft. Cthulhu. Geistergeschichten. Übersetzt von H. C. Artmann. Vorwort von Giorgio Manganelli. st 29. 239 Seiten

Amin Maalouf
- Leo Africanus. Der Sklave des Papstes. Roman. Übersetzt von Bettina Klingler und Nicola Volland. st 3121. 480 Seiten
- Samarkand. Roman. Übersetzt von Widulind Clerc-Erle. st 3190. 384 Seiten

Andreas Maier. Wäldchestag. Roman. st 3381. 315 Seiten

Angeles Mastretta. Emilia. Roman. Übersetzt von Petra Strien. st 3062. 413 Seiten

NF 265/6/1.03

Robert Menasse
- Schubumkehr. Roman. st 2694. 180 Seiten
- Selige Zeiten, brüchige Welt. Roman. st 2312. 374 Seiten
- Sinnliche Gewißheit. Roman. st 2688. 329 Seiten

Eduardo Mendoza. Die Stadt der Wunder. Roman. Übersetzt von Peter Schwaar. st 2142. 503 Seiten

Alice Miller
- Am Anfang war Erziehung. st 951. 322 Seiten
- Das Drama des begabten Kindes und die Suche nach dem wahren Selbst. st 950. 175 Seiten

Magnus Mills. Die Herren der Zäune. Roman. Übersetzt von Katharina Böhmer. st 3383. 216 Seiten

Haruki Murakami. Wilde Schafsjagd. Roman. Übersetzt von Anneliese Ortmanns-Suruki und Jürgen Stalph. st 2738. 306 Seiten

Adolf Muschg
- Der Rote Ritter. Eine Geschichte von Parzivâl. st 2581. 1089 Seiten
- Sutters Glück. Roman. st 3442. 336 Seiten

Cees Nooteboom
- Allerseelen. Übersetzt von Helga van Beuningen. st 3163. 440 Seiten
- Die folgende Geschichte. Übersetzt von Helga van Beuningen. st 2500. 148 Seiten
- Rituale. Roman. Übersetzt von Hans Herrfurth. st 2446. 231 Seiten

Kenzaburô Ôe. Eine persönliche Erfahrung. Roman. Übersetzt von Siegfried Schaarschmidt. st 1842. 240 Seiten

NF 265/7/1.03

Sylvia Plath. Die Glasglocke. Übersetzt von Reinhard Kaiser. st 2854. 262 Seiten

Ulrich Plenzdorf. Die neuen Leiden des jungen W. st 300. 140 Seiten

Marcel Proust. Auf der Suche nach der verlorenen Zeit. Übersetzt von Eva Rechel-Mertens. Drei Bände in Kassette. st 3209. 4195 Seiten

João Ubaldo Ribeiro. Brasilien, Brasilien. Roman. Übersetzt von Curt Meyer-Clason und Jacob Deutsch. st 3098. 731 Seiten

Patrick Roth. Meine Reise zu Chaplin. Ein Encore. st 3439. 98 Seiten

Ralf Rothmann
- Flieh, mein Freund! Roman. st 3112. 278 Seiten
- Milch und Kohle. Roman. st 3309. 224 Seiten

Jorge Semprun. Was für ein schöner Sonntag! Übersetzt von Johannes Piron. st 3032. 394 Seiten

Arnold Stadler. Mein Hund, meine Sau, mein Leben. Roman. Mit einem Nachwort von Martin Walser. st 2575. 164 Seiten

Andrzej Stasiuk. Die Welt hinter Dukla. Roman. Übersetzt von Olaf Kühl. st 3391. 175 Seiten

Jürgen Teipel. Verschwende Deine Jugend. Ein Doku-Roman. Über den deutschen Punk und New Wave. Vorwort von Jan Müller. Mit zahlreichen Abbildungen. st 3271. 336 Seiten

NF 265/8/1.03

Hans-Ulrich Treichel
- Tristanakkord. Roman. st 3303. 238 Seiten
- Der Verlorene. Erzählung. st 3061. 175 Seiten

Galsan Tschinag
- Der blaue Himmel. Roman. st 2720. 178 Seiten
- Die graue Erde. Roman. st 3196. 288 Seiten
- Der weiße Berg. Roman. st 3378. 290 Seiten

Mario Vargas Llosa
- Das Fest des Ziegenbocks. Roman. Übersetzt von Elke Wehr. st 3427. 540 Seiten
- Das grüne Haus. Roman. Übersetzt von Wolfgang A. Luchting. st 342. 429 Seiten
- Der Krieg am Ende der Welt. Roman. Übersetzt von Anneliese Botond. st 1343. 725 Seiten
- Tante Julia un der Kunstschreiber. Roman. Übersetzt von Heidrun Adler. st 1529. 392 Seiten
- Tod in den Anden. Roman. Übersetzt von Elke Wehr. st 2774. 384 Seiten

Martin Walser
- Brandung. Roman. st 1374. 319 Seiten
- Ehen in Philippsburg. 1209. st 1209. 343 Seiten
- Ein fliehendes Pferd. Novelle. st 600. 151 Seiten
- Halbzeit. Roman. st 2657. 778 Seiten
- Ein springender Brunnen. Roman. st 3100. 416 Seiten
- Seelenarbeit. Roman. st 3361. 300 Seiten

Robert Walser
- Der Gehülfe. Roman. st 1110. 316 Seiten
- Geschwister Tanner. Roman. st 1109. 381 Seiten
- Jakob von Gunten. Ein Tagebuch. st 1111. 184 Seiten

NF 265/9/1.03